# 声の海図　君野隆久

思潮社

# 声の海図

君野隆久

思潮社

# 声の海図

君野隆久

目次

カバー作品＝二月空
装幀＝思潮社装幀室

# 声の海図

# 操車場

夜中に煙草を吸おうとして窓を細くあけると
長い鉄の軋みが聴こえてくる

その町は鉄工所と旋盤工場ばかりで
道路が錆で赤く染まっている
子供は鉄屑と泥で遊び
腹が空くと小麦粉と芋を甘く焦がして
焼いて食べている

緑はない
プールも市場もない
ただ鉄条網の向うに広い広い
幾重にもうねる鉄の河が流れていて
ぎっしりと貨車と客車とが休んでいる、清掃されている
それらはときどき重い身をゆり動かし
文字と数字を腹に貼り付けながら
時間と同じように
緩慢にしかし重く
転轍されていく

水のない河に溺れるように
子供はときどき呼吸が詰まると自転車の荷台に載せられて
鉄道病院へ連れて行かれた

（父親は紺の作業帽をかぶって自転車を漕いだ）

老医師はすべてを合点したふうに
お茶の葉の薬液をものものしく用意し
ゆっくりと注入する
硝子の注射器の中で
粘度のある薬液と血液とが混じる
やっと呼吸が楽になると
音が聴こえてくる
膿盆の銀の響き
抑揚のある重い打音のゆきかい

染物工場の異臭にまじって
かすかに
本物の河の匂いがすることがある

書店には暦と婦人雑誌しかなくても
基本的に
暮すことは甘美な隔離だ
静かに錆びてゆく領土
抜け出る道はふたつしかない
鉄の河床の底を通る長い長い地下道を潜るか
（落盤の危険がある）
夜に
眼も眩むほどの白色の投光で埋まった大河を見おろす
陸橋を渡るか
そのときは奇矯なほどまじめな監視船団が
こちらを凝視しているだろう
あるいは引き裂くような汽笛の叫びが
後ろ髪を引くだろう

夜中に冷たい空気を吸おうとして窓を細くあけると
長い鉄の軋りが聴こえてくる

# 街区

その街はどこまで歩いてもアパートしかない
二階建て木造モルタルのアパートの連続
空はいつも濁っていて星がみえたことはないが
夜になると夏でも冬でも
アスファルトの道路がきらきらして
まるで星が降ったようにみえる
その街はどこまで歩いてもアパートしかない
二階建て木造モルタルのアパートの連続

一階の玄関をあけると水族館のような共用廊下
二階には気泡の階段で上がってゆく
友達はみなアパートに住んでいた
一家で六畳の部屋に住んでいる同級生は
カップのバニラアイスに
道に散乱している星のくずをかけて出してくれた
（それは今でも思い出す味だ）
また別の友達は子供なのに四畳半の部屋にひとりぐらしをしていて
こめかみに青い血管を浮かべながら
楽譜をひらいては
彼にしかわからない内緒話をしてくれた
好きだった子もアパートに住んでいた
お姉さんのおさがりのブラウスを着ていて
教室でよその子の笛を盗んでは

ばらばらにして捨てる

夜になると
朦朧として
路上の星をぐさぐさと踏みながら
それぞれの棟の非常灯のありかをみて回った
それから玄関の表情を
気づくとまだここにいる
ほかに誰もいない
遠くに塔がみえる
あのふもとにもアパートの街が広がっているのだろうか
すべての部屋が夜に静まっている
その街はどこまで歩いてもアパートしかない

# K病院

駅を出ると十一月の乾いた白い光が
水を撒いたように路上にあふれていた
駅からすぐに「タンゲーラ」というタンゴ喫茶があって
月曜日の朝はカフェインとニコチンを摂るため
よくそこへ立ち寄った
窓際にはハンチングをかぶった老人の常連客が新聞を読んでいた
視線をそらすと正面の壁には
大きな「コーヒーの女神」の絵がかかっていて
毎週その絵を眺めるのだった

女神は絵の中で一糸まとわぬ――いや
なにか横文字の書かれた帯のようなものが裸体にまとわりついていた――
豊満な肢体で
至福の表情を天上に向け
片手にコーヒーカップを載せた盆をもっていた
蝶ネクタイを締めた店主が
謹厳な顔をしてうやうやしくコーヒーを運んでくる
レジ台の横の鉢植えの棕櫚の葉には
うっすらと埃が降りている

病棟の建物の裏手に
道を一本隔てて古びた洋館が建っていた
(玄関の脇の樹木には
　夏の終わりにはおびただしい蛾類の幼虫が付着していた)

二重の扉を押し開けて中へ入ると
廊下はあまり空気が流れておらず
歩いてゆく身体で
湿り気と匂いの地層を断ち切ってゆくように感じた
廊下には日程を記した黒板がかけてあって
「院長回診」
「フッサール読書会」
などと書いてある
廊下のいちばん奥にある「面接室」という札を掲げた部屋に入ると
鞄から白衣を取り出して羽織り
ノートとペンを出して時間を待つのだった

（わたしは臨床心理学の学外演習授業にもぐりこんだ
門外漢の大学院生にすぎなかった）

そして毎週、秀でた神経質そうな額をした院長先生が患者と面談する様子を
他の院生たちの真似をして
一生懸命ノートするのだった
自分を確認するために他人の病むことに関わろうとする
（まったくそれは逆であるべきだった）──
食思不振の女性の独白も
幻の声を聴く青年のつぶやきも
伏し目がちに語った院長先生の対応も
今ではもうすべて忘れてしまったしノートも失くしてしまった
ただ覚えているのはその秋の
嵐のあとのようなアスファルトの上の陽の光
そしてその建物に入ってゆくときの
身体が断ち切ってゆく粘度の高い空気と
朝のタンゴ喫茶の光景

# 礫の街

からからに乾いた冬の交差点からタクシーに乗り
わたしたちはことばの用意のないまま
ある異国の老人を訪ねていった

大きい門のある寺のそばでタクシーを降りて
その邸をさがした
白い漆喰の壁の平屋造りで、壁には枯れたツタが絡まっている
扉を開けたのは初老の日本の婦人だった

（ひとりで暮らす老人の身のまわりの世話をする方なのだろう）
部屋には中東風の紋様が入った絨毯が敷かれ
中央に中国趣味の簡素な卓とそれを囲んで四つの低い椅子がしつらえてあった
部屋の三方の壁を埋めるのは夥しい書物と仏像と玩具
硝子戸棚の中には
見慣れぬ丸い文字が刻まれた薄い木片が置かれている

老人はかつて捕虜収容所から故国へ戻ったとき
再会したアンドレ・ブルトンがめっきり太っているのをみて
体重が増えるような詩人は信用できない、と絶交している
（おまけにシュルレアリストが妻帯していることをあざ笑ってもいる）
たしかに老人はやせていた
傍らには赤ペンの大きな文字で服薬時間の記された薬袋があった
椅子につくとすぐに両切りのたばこを煙管を使って吸いはじめ

それを手許から放すことがなかった
喜色をたたえた柔和な眼許だった
ただしいかんせん老人は日本語を理解せず
わたしたちの異国語はカタコトだった
語彙が少ないと
いきおい問いかけの内容が単純でおおげさになることがある
それでも彼は率直に自分の信念をわたしたちに披瀝してくれた
《わたしは輪廻という考えが好きだ、　わたしはもう一度生まれ変わっても
　この生をぜひもう一度くりかえしたいのだ》
わたしたちはそれに応えることばを持たなかった
礫の街の家の外では
白く乾いた冬の日が音もなく
暗くなっていった

# 葬儀の日

羊年の評論家がやってきて
小一時間、異国語でスピーチをした
（わたしは必死に理解しようとしたが一言もわからなかった——ｒの発音が
日本語ふうに聞こえたことだけを覚えている）
なぜ評論家は日本語で話をしなかったのだろうと今では思う
死んだ人に聞かせる話だったからか
老人もなぜ日本語を少しも学ばなかったのだろうか
あるいは日本に着いたときには
外国語を身につけるには齢を重ねすぎていたのか
——もし詩人はつねにやせていくものだとしても
やせてさえいれば詩が書けるというものではない
またもしシュルレアリストは妻帯すべきではないとしても
妻帯しなければ詩が書けるというものでもない

あれから三十年も経ってやっとそれに気づく
あのあと老人の詩を読もうと思い
異国に赴いた人に頼んでみたけれども
国立図書館でもその詩集はみつからないということだった
いまは便利になった
礫の街から遠く離れて
西方の都からはさらに遠く離れて
眼前の電子文字の森の中にあらためてその詩集をさがそうとする

＊ルネ・ドゥ・ベルヴァル著／矢島翠編訳『パリ１９３０年代―一詩人の回想―』（岩波新書）を参考にした箇所があります。

# 残像

そこは合成樹脂の冷たい部屋だったが
窓を開けると風がびゅうびゅう吹き抜けてそれがいい部屋だった
まるで空中に吊り下げられているような感じで自分の生活を
鳥籠のなかの所作のように単純に眺められた
食べて寝る
そこは河川敷のそばで風が強かったから
煙草の煙はすべて窓からさっと消えていった
光は河原のイネ科の草本が吸い取って茫々としている

部屋は橋の東詰の四階にあって
暗い橋を渡って帰るとき
三十分後に自分が自分の部屋で何をしているかが想像できた
未来の残像に重なるために生きる
それを生きる照準にしたわけではなかったけれども
そこからずれると不安や不眠が
膝を浸すように思い込んでいたのだ
転居せよ
転居を前提に暮らしてきた人間は
死ぬ前も死んでもそういう気持だろう
いつもここではない場所に住むことを夢想して
毛髪の際に老いを積もらせる

夏はプールから歓声が消えた

調律の詩を書こうとしたが失敗した
毎日四階まで歩いて上った
そこは樹脂の冷たい部屋だったが
窓を開けると風がびゅうびゅう吹き抜けてそれがいい部屋だった

# （水が空気にある）

水が空気にある
肌が水に触れる
肌は交差した道と
あかるい訃報のジャケットに
つつまれている

積乱雲の日
祭礼に出かける

いまだ朝に怖れている
強いられた眠り　不自然な不眠　あるいは
それを避けるため
草を燃やすこと

（こぼれている斑《まだら》の光を
飛び石にして
時を閑却する）

ひとが静かに話をしている
それが秋の徴《しるし》となる
舗道が年月を追い越す
そうやって開かれてゆく午後は
めぐりの時とは違う

# 塩田

風の譫言《うわごと》のような言葉を書きつけた紙片を
幾枚も上着のポケットに入れたまま
西国の広々とした湾に沿って走る列車に乗っている

速度を上げる車両の傾きを感じながら
麗かな湾を眺めていると
前方に
きらきらと白い光を発する場所が見える

（さながら指輪の宝石の位置）
湾曲の向こうから痛みの光の錐を
眼に揉みこんでくる
あれが塩田のある町か
そこは昔ながらの方法で砂田に何度も海水を撒き
天日で塩の結晶を析出させる
古代からの製塩法を守っているのだという
いかにも遠くからでもわかる結晶質の反照に領された町

駅から続くあかるく寂れたアーケイドを抜けると
この地方独特の　紺青の瓦の軒の深い家々が連続している
人影はほとんど見えないが
家々の戸口の前には典雅な木の桶が置いてあって
菖蒲に似た凜とした格好の花の束が

つややかな葉をつけたまま投げこまれている
（この水はまたなんというやわらかい表情の水だ）
そして
今は炎暑の季節ではないのに
桶にたっぷりと張られたこの若々しい水は
一晩たつと半分以下に減っているのだという

この季節この土地は特別に乾く
そしてあの花の束は特別に蒸散する力の強い植物なのだ
だから水が減るのだが
それを古の人々は
湾を囲む山々と塩田とをこの時期に行き来する神が
払暁に飲むからであると解して
花を供え鮨を押し

二日間のおだやかな祭礼を営んだのだ
（もちろんそれはあとで調べたこと）
さらさらと漏れ聞こえる何かの読誦
ひそやかな私語も聞こえる
土や紙を隔てるとたまに遭遇する
母語が異語に聞こえてくる
あの不審と恍惚の瞬間

浜の手前には立ち入りを禁ずる柵が立ち
無表情な警備員まで立っている
巨大なダンプカーが行き来し
横暴なブルドーザーが黒い砂をぶちまいている
列車から輝いて見えたものは結晶質のものではなく
金属質のものだったということなのか

（それと同じく優しくゆるやかな世界の回復と見えていたものが
実は心の長い長い隧道であったということも
あるのかもしれないな）
一面にきらめく無機質の豪奢を夢想したまま

湿った盆地の棲処《すみか》に帰って
詩を書こうとして
ジャケットのポケットを探る
手に触れて取り出したのはくしゃくしゃくしゃのメモ用紙ではなく
非情なまでに乾いた
ひとにぎりの真っ白い
塩

# 水の街

そこは砂礫層の上にある土地で
歩いているとさらさらと水の音がする
固く踏みしめられた
盆地の下を流れてきた伏流水が
圧迫を失ってあちこちから地上へと滲み出してくる街

*

仕事を辞めた女性が

とうに姿を消してしまった叔父の日記を読む物語

その日記には三つの時間が記されている
ひとつめは紫陽花の季節に男が
その土地に迷いこみ
あちこちに湧く水の清らかさと酒のうまさと
蔵と水路が作り出す
無限に分岐してゆく迷路のような街並みに惹かれて
何度も足を運ぶようになる時間

ふたつめはその街で男が
ことばを金に換えようとする時間
戸棚に巨大な紫水晶が置いてある
印材店の二階に棲んで

前を流れる水路の照り返しを額に受けながら
千枚の神籤《みくじ》の文案をつくる
「何もしないで掛け金を吊り上げる」
「三十年寝太郎」
ほおずきが赤くなる

みっつめは衰亡の時間
点描される
婚姻と声のない時間
「苦しくて鮮明な記憶、しかし
それが消えて行くのはまた何というさびしさだろう！」
日記を読み終えた姪は
それをコークスのストーブに投げ入れて燃やす
ゆらめく紺青の炎

そして水の街とは何のかかわりもない
西の国の文書館に再就職する
言葉から水へ
水から言葉へ
ともかくもそのめぐりが
新しい時間の堰を切っておとす
そういう物語

＊

そういう小説みたいなものを
ひと夏その街に通いながら
きれぎれに夢想する
付箋紙とレシートの裏に
断片を書きつけては手帳に挟んでゆく

だけどつなげることができない
（水のある場所をやたらに好むのは
　老いを感じた男の母性憧憬の徴候だろう）
結局はそう思って
むかしの大きなマッチ箱に紙片を詰めこんで
地蔵盆の頃に
唐草模様のある大きな火鉢の中で
（きびがらなど用意してまるで遅れた送り火かなにかのふりをして）
燃やす

＊

そこは砂礫層の上にある土地で
歩いているとさらさらと水の音がする

# 冬の橋

冬に渡ろうとしている
速い橋
自分のものでない記憶を
厳密に分けて
追い払い
こめかみを穿って
ひとつの指で打つ文字
は

（おまえが攻撃した少年は
初老になっても同じ額の角度を見せているよ）

母でない女たちのいる
いくつもの商店街をさまよってから
また冬の橋に出る
不意の柳だ
アルミの明るさの岸が
時を放っている
たもとに立ちすくむ

（多くのことが奇癖として残るだろう、そして地層を見るように
それに見入りながら
放心するだろう）

# 中庭

いちばん寒い時期に
古い研究所の図書室に行った
紹介状をもらって
宋代の海運史の書物を見に
それはスペインの僧院のような形の建物で
アーチのある玄関から入り
階段を上ってゆくと　踊り場には
千代紙細工を思わせる典雅なステンドグラスが嵌っている

司書の人から書物を渡されて席に着いた
ほかに誰もいない閲覧室の窓から
中庭が見える
長方形の回廊に囲まれた枯芝の中央
動かない泉水を従えて
日時計のように井戸が佇んでいる

（そういえばあそこにも井戸が見えたな）
雨季の前に
憂鬱な気持ちで旧都の集落を歩いていて
武骨な門構えからふと見えた中庭
そこには昼過ぎの静謐の中で
はっとするほどの光が溜まっていた

「そしてその日あたりのいい、明るい中庭で、
女どもが穀物などを一ぱいに拡げながらのんびりと働いている光景が、
ちょっとピサロの絵にでもありそうな構図で、……*」
しかしそのときはただ農具が静まっているだけだった
瓦の瑠璃のつよい光と

あるいはまた乾いた半島にある浄土のような都市
樹々には金色の柑橘が実り
古い街区のパティオには青や薄紫に焼かれた
タイルが敷きつめられ
噴泉がしずかに吹き上げている
午前の白壁に葡萄の蔓が這い
「ときに少女が
床のタイルに雑布をかけていたりするだけで、めったに人影も人声もない**」

（いつか自分も中庭を書くことができたらよいのに）
それはその空間そのもののように
木や石に穏やかに抱かれ
しずかに光の降りている詩
ときおりは何かに呼ばれた気がして
思わず仰向くと区切られた蒼天がたしかに見える場所
ささやきやよびかわし
しのび笑いやひとりごとの残響が
永遠に動いてゆく陶器の縁に焼きこまれた
時間
——

気がつくと

ガラス窓の向こうには乾いた雪がゆっくりと舞いはじめている
この街の雪は舞っても積もらない
井戸の中に
そして冬の疎水の黒い水の中に音もなく融けいってゆく
海運史の書物は広げたまま
まだ何の航路もたどれていない
ただ目の前の灰色の枯芝の中庭をながめて
凝然としている

＊堀辰雄『大和路・信濃路』（新潮文庫）より
＊＊芳賀徹「コルドバ」（『文化の往還』福武書店）より

# T市場

（その旧《ふる》い町へ行くと隧道のようなその場所をかならず通る。通らないと気が済まない。いまにもすべて破片となって崩れ落ちそうな波型の人工樹脂の屋根に覆われた、獣のあかるい食道のような一〇〇メートルほどの細いアーケイドの商店街。今ではほとんどのシャッターが閉ざされていて、開いているのは蛍光灯の暗い酒屋と鶏肉店と赤い提灯を下げた中華料理屋だけ。小さな居酒屋も夜になると灯がともる。隧道を西から東へと抜けると突き当りにはこの市場と同じ地名を冠せられた小学校があり、北には老舗の墨舗が隣接している。昭和の時代は買い物の婦人で賑わっていたそうだ。某アニメの背景に使われているのを見たが、ちょっとちがう）。

*

いつ
いつも、着く
と、影、壁、
から
過ぎる、よぎる、ここ
は、
日除けの
(積まれた)
おん。無音。無言。
の場所
——あかい缶、ならぶ
間隔、革、

紙が
剝がれ、はぐ。はく。らく。
した
「醬油、味噌
」（はぐ
れた）文字
を過ぎ、
ここ、横
には
（井戸と稲荷があって）
あれは
緑の、緑と、見る、（手すりがある、
鉄の、）
円筒

給水の
タイルの草の

＊

日は暮れやすい
抜ける
のだ、ここから、燭の
灯り
から、
ひらけた壁、日の
きわ、
あるいはあの
静まる夜
まで

# 夢と木橋

車の通らない木造の橋の夢――

魚たちは口がなくて
火の匂いがすると
魚たちは高い石の塔のなかへ散ってゆく

ことばに人の声がして
声のなかには芽を嚙んだ味が隠れていて

眠りのひとり子がめさめる

週の果てはときどき
音のしない橋が架かっていて
遊びの足のかたちで
一瞬の川の幅を
はかる

鳥たちは眼がみえなくて
蔦の葉の風が吹くと
鳥たちは不規則な鉄琴を打ちはじめる

## (日は日に重なり)

日は日に重なり
葉は葉に重なる
伽藍が緑に埋もれて
灌木には紫の花房が垂れ
つばくらめは低く宙を飛ぶ
(あの黄金の肌を剥いだのはおまえだな)、
ためらいを裁ち切るその迅さ
陽光は
無音の経文を誦して降り落ち
瓦と墨に濾過され

この青い水箱に
たおやかな蘭鋳を泳がせている

葉は葉に重なり
日は日に重なる

## 冬のホテル

そこは文教地区にある
小さなホテル
住宅街の中に隠れるように立っている
設備は古いが
静かで
シングルの部屋が割に広いので
用事があるとたまに泊まる

冬のことだった
気ぜわしい仕事が終わってホテルに戻った
「ああ、あしたは休みだ」
そう思うとゆっくり眠りたくて
（不眠の癖《へき》があるので）
しばらく飲んでいなかった薬を一錠口に含んだ
さてベッドで本を読み
うとうとして灯りを消そうかというとき
どこかから祭囃子が聞こえてくる
笛と太鼓の、けっこう激しいお囃子だ
「この真夜中に、どこの馬鹿がお祭りの練習か」と
ベッドから起きて、窓を薄く開けてみた
窓外は師走の風が吹いているだけである
おかしいなと思って

ベッドに戻ってうとうとすると
また祭囃子が聞こえる
今度思ったことは
「ははん、隣の部屋か上の部屋に
芸能史を集中講義に来た大学の先生が泊まっていて、
あしたの講義のために資料のビデオを確認してるんだろう
まったく迷惑な話だな」
そんなふうに考えながら、やがて眠ってしまったらしい

翌朝は冬らしい凜とした朝
昨夜の祭囃子のことを考える
このホテルは古いが建物はしっかりしているので
隣室の物音などが聞こえたことはない
ああ、あれがいわゆる「狸囃子」というやつだったのか

この平成の世の中にも
おれの脳の中には
出番がなくて欲求不満な狸が一匹棲んでいて
ちょっと刺激を与えたのでひさしぶりに目が覚めたのだろう
なぜかくすりと笑える
冬のホテルの朝

# 九月、首都で

一人旅を楽しめたことなんかない
すぐ足が疲れるし
実はぜんぜんおもしろくない
（おれの人生なんてまるで
自分の尻尾を噛んでぐるぐる回っている鼠みたいなもんだ）
そんなことばかり考える
言葉を習っても、なるべく言葉を使わなくてすむような場所に行く
（自分の国にいるときと同じじゃないか）

何か梨のようなみずみずしい果物を買うことを夢みる
その国の詩集を買うことを夢みる
けれども市場ではとても声が出ない
書店に行ってもどれを買えばいいのかわからず
結局おれの買うものは
自国のコンビニでも売っているものだけだ
九月がいちばんいい季節だとネットには載っていたけれど
昼は夏みたいに暑くて
ジャケットを脱いで持って歩くので邪魔だ
いつも旅行に出るとそうなる
古都の博物館で驟雨に降られた
屋根のあるところで止むのをまっているとき
リュックにとまった蜻蛉を手で捕まえた
その翅の手ざわりと

塀と街路樹のある首都の埃っぽい道を歩いているとき
塀の向こうで蛙の鳴く声がした
そしたらおしゃべりしながらおれの前を
歩いていた二人連れの女子高生のひとりが
「なんとかかんとか、ケグリガ……」と言うのが聴こえた
「ケグリ」は蛙だ
（なんでそんな単語だけ聴きとれたのだろう——いや、たしかにその国の
　蛙の声は、「ケグリ」という語の音にそっくりだった）
その女子高生の言葉つきは友達をちょっとからかうふうだった
「あなたの言うことを聞いて、ほら、蛙も笑ってるわよ」——みたいな
その語音とだけが
つまらない一人旅のささやかな
土産

# 湖北

六月は膨大な水圧を扇状地にもたらす
地の網脈がすみずみまで
透明にふくれあがり
肌に当たる風にもあかるい水の匂いがする
カバタのある地区を横目にみて
湖岸道路をまっすぐに
北にある川をめざす

そこは人のいない川
この季節になると小鮎が
水の中でいちめん青いナイフになって閃いている
それを追うハスたちは
一日じゅう水を跳ねてはしゃぎ
銀色の疑似餌を投げると
まるでバスケの球を奪いあう少年たちみたいに
先を争う
(日本の淡水魚の中では最高の遊泳速度を誇るらしい)

すべて光りながら暮れる夜と昼のあわい
河口に至れば
凪いだ湖面の水が空を反映し
しだいに境界をなくして

眼のまえに茜色の広大な画布がひらける
夜のない国
《零の夏》
膝までの鏡に足を浸して
竿を振るのを忘れて
次の一歩を踏み出そうとする

ぱしゃり、と水面を割って警告してくる
大きな鉛色の鰭《ひれ》
思わず立ち止まる
見上げると
北の凸兀《とっこつ》とした湖岸が一瞬
朦朧とうす笑いを浮かべたあと
ゆっくりと

# 夜の国へ消える

# 峠

足許の黒い水が一面に大気を映して
環形の生き物たちが
息を潜めていた
船は出ない
遠くの灯台が点滅するのみだ
循環する時間が
内臓を痛めつけてゆく

風がやむ
月が雲から顔を出す
しかしいったん挫けた潮汐は
なかなかもとの容積には
戻らない
暗い波の向うに眼を凝らしても
そこにあるのは
それ自体としてある闇
誰も必要としない
海

*

気づくと
道は乾きはじめている

杉の森の
巨大な夜の硝子体のなかを
無数に跳び散ってゆく光の兎たち
球根の形をした誤りが
肩の力を薙いでも
気づくと
黒い水は
複雑な海図の形をとりながら
乾きはじめている

道が乾く
不意に浮上する
清明と夏至のあいだの

冷やかな休日
潮待ちの島から
貨物が積み出され
透明な僧たちは安居《あんご》を終えて
静穏な春の回廊へと
帰ってゆく

# 地上の地下鉄の駅

またことばのわからない都市に来ている
地下鉄の乗客の多くは薄い金属片を眺めたり
それに話しかけたりしている
眼をつぶらないで手すりにつかまって
緊張して立っている
人の声と車内アナウンスの音像だけをなぞっている

あ、外のあかりだ

地上じゃないか
鉄橋をわたっている
きらめく江《かわ》の水面と遠くに白くかすむビル群が見える
地上の駅に停車する
駅舎の天井は高く
オレンジ色の鉄骨があざやかだ
この車両はすぐにまた地下に潜るだろう
でも今はこの駅に停まっている
春の塵埃の光のなかに

# 声の海図

酒場で囲まれる声――
この街の男どもは
口先を尖らせて母音の多い言語でいつまでもしゃべる
それが親愛なのか恫喝なのか
したたかな酔いのなかではわからない

コーヒーを飲んでいると隣から聞こえる
もうひとつの都市の声

何枚もの精密な地図をさばきながらしきりに
浅瀬の笑いで読点を打っている
遠い喉の血縁

きみは生まれた国ではない少女たちのあいだで
果てしなく扉を叩くように吃る
しかしそれはきみの身体の敢為なのだ
いつか引き潮の記憶のなかで母のことばのひびきが
その音に添うかもしれない

もうひとりのきみは水の都で
くりかえす月の満ち欠けをたどりながら
息のままの語彙を
なめらかな運河で相聞に編みあげて

新しい港へと送るかもしれない

（そしておまえはおまえの死んでいく島を知らない）
（夢想するがいい）

小さな灯台の塔のある町で
ぎこちなく刻まれた石の言葉を聞いていたい
あるいは海流のぶつかる半島の市場で
おおきな魚類の銀の鱗が
ばさばさと膝に落ちる語音を聞いていたい

# 窓のむこう

また転居した
今度は市のはずれの廃品回収業者が多く住む地域
緑地も公園もない
植物は埃をかぶった街路樹と路地の鉢に植えられた色の悪いものばかりで
どぶのような浅い川には自転車が廃棄されていて小魚も棲んでいない
高速の高架と
倉庫と工場と空き家とアパートばかりの街
トタンに区切られた陽光が朝にくっきりと道に射している

その街に住んで仕事の行き帰りに通る道の
錆びたガレージの隣に
古びた平屋があってゴミ屋敷になっているのに気づく
覗くと低いブロック塀に囲われた狭い敷地はペットボトルとビニール袋とわけ
　のわからないもので埋まっている
人の気配はない

ある日そのゴミ屋敷の前を通ると
市役所の作業服を着た男が家屋をためつすがめつしている
やめておけばいいのに「この家なにかあったんですか」と訊いてしまった
するとその男は振り向いて（ちょうど自分と同じくらいの年格好だった）
「この家のご主人が先月亡くなったんですが、身よりのない方でね
敷地にあふれるゴミをなんとかしてほしいって近所の人から連絡があったもの
　ですから」

「どういう方がお住まいだったのですか」
「七十歳をちょっと出たくらいの方で玄関先で倒れていたのが見つかって……
なんでも行きつけの店では『詩人さん』と呼ばれていたらしいですよ」
作業服の男はデジカメで写真をとったりしている

静かな春の土曜日の暮れ
往来に人のいない時機をみはからって
錆びた鉄扉をあけて玄関のドアノブを回しおそるおそるその家に入っていく
玄関も廊下も人がやっとひとり歩けるくらいの隙間を残して
すべて廃品で埋まっている
堆積しているのはガラス器や電球や蛍光灯や金属の枠や旧式テレビのブラウン
　管や鏡や
瀬戸物や透明なプラスティック製品やワインの空き瓶や
携帯電話やペットボトルなど

部屋の窓はゴミでなかば覆われて薄暗い
しかし匂いはないし居間らしき部屋に坐して瞑目していると
不思議に心がおちついてくる
遠くで遊ぶ子どもたちの声が外からかすかにもつれて聞こえる……

咳払いの音がする
眼をあけると初老の男が座っている
どこか面差しが先日の市役所の男に似ている
着古した縦縞のシャツにコーデュロイのジャケットを着ていて
ここに何をしに来たのか、と尋ねてくる
——このうちの亡くなったご主人が詩人だったと聞いたもので
詩集などたくさんお持ちなのではと思って、というと
おまえは人の本をだまって持っていこうというつもりか、さもしい奴め、詩集は
三十年前にすべて処分した、という

ご自分のものですか、と訊くとそれには答えない
男は違うことをしゃべりはじめる
どこかの街で硝子売が背負っている籠に
階上からインク壺を落として命中させて中の硝子が粉々に砕け散る
詩があっただろう、だからってわけじゃないが
おれは詩を書くのをやめてここに住んで
廃品回収の仕事をはじめた
毎晩ひとが寝静まったあとの街を歩いて
あの粉々に飛び散った硝子のようなものを拾って集めたんだ
まだその頃は光り輝く廃品はたくさんあった
それはどんどん溜まっていった、いつか身動きもできないくらいに
――じゃあこのきらきらしたゴミたちが詩のかわりだっていうんですか
それには答えないで男はまた違ったことを話してくる
おまえの座っている後ろに窓があるだろう、南向きの窓だ

手前のゴミをどかして、窓が見えるようにしてくれ、おれはもう動けないから
しかし振り返って見てもうずたかい廃棄物の背後に窓などありはしない
いや、窓なんかないですよ、と答えると
男は一瞬おどろきの表情をみせたあと
いや、あるはずなんだがと呟いてから眼を伏せて沈黙している
何か尋ねてほしそうな空気を漂わせて
こちらがたずねあぐんでいると男は目を逸らして
かすかな笑みを口許にひとつ浮かべてから
だんだん輪郭が薄くなって
消えてゆく

（窓のむこうに見えるのが熟れた唐黍《とうきび》の畑かそれとも
はてしない瓦礫の街なのかはわからない）

さえずる雀の声がする
めざめるとおだやかに晴れた春の朝が来ている
アパートの二階の窓をあけ放して空を見て街を見る
（昨日はなんでまたあんなところに迷いこんだものだろう）
最近は長いひとりごとが増えた
転居しても変わらない
どこにも行きたくないがここにもいられないときがいずれやってくる
ここは市のはずれの廃品回収業者が多く住む地域
緑地も公園もない
植物は埃をかぶった街路樹と路地の鉢に植えられた色の悪いものばかりで
どぶのような浅い川には自転車が廃棄されていて小魚も棲んでいない
高速の高架と
倉庫と工場と空き家とアパートばかりの街
トタンに区切られた陽光が朝にくっきりと道に射している

あとがき

二〇一一年以降に書いたものの中から、「場所」をテーマにした詩を選んでまとめました。記憶をきっかけとするものもあれば、まったく架空のものもありますが、いずれも自分の中の「場所」を描いたという点では同等なものです。

十代で詩に惹かれ三十代ではじめての詩集、二冊目が四十代、それからまた十年近くが過ぎてこの三冊目と、蝸牛の歩み以外の何物でもありません。しかし今はこれが自分と詩とのかかわりの固有な時間配分だったのだと納得する気持ちでいます。

作品はすべて既発表のものです。書く機会を与えてくださった方々、とりわけ詩誌「ひょうたん」の相沢育男さんと「ひょうたん倶楽部」のみなさん、そして個人詩誌「雨期」の須永紀子さんに特別の感謝を申し上げます。また以前と変わらず詩と詩集についてさまざまの相談に乗ってくださる関西の村岡眞澄さんにも。

思潮社の久保希梨子さんは逡巡と遅滞の多い私に辛抱強くつきあい、細やかな配慮をしてくださいました。二月空さんはカバーに魅力的な風合いの作品を提供してくださいました。心より御礼申し上げます。

平成三十年十二月

君野隆久

# 初出一覧

操車場　「雨期」60号、二〇一三年二月
街区　「ひょうたん」55号、二〇一五年三月
K病院　「雨期」61号、二〇一三年八月
礫の街　「雨期」66号、二〇一六年二月
残像　「ひょうたん」50号、二〇一三年七月
（水が空気にある）　「庭園二〇一一」二〇一一年四月
塩田　「ひょうたん」54号、二〇一四年十一月
水の街　「雨期」62号、二〇一四年二月
冬の橋　「ひょうたん」46号、二〇一二年三月
中庭　「ひょうたん」58号、二〇一六年二月

T市場　「庭園二〇一二」二〇一二年四月
夢と木橋　「ひょうたん」60号、二〇一六年十月
（日は日に重なり）　「ひょうたん」56号、二〇一五年六月
冬のホテル　「絶景」vol.02、二〇一七年八月（原題「Fホテル」）
九月、首都で　「ひょうたん」51号、二〇一三年十二月
湖北　「雨期」64号、二〇一五年二月
峠　「ひょうたん」49号、二〇一三年三月
地上の地下鉄の駅　「ひょうたん」65号、二〇一八年七月
声の海図　「雨期」67号、二〇一六年八月（原題「島」）
窓のむこう　「雨期」68号、二〇一七年二月（原題「（窓のむこう）」）

君野隆久（きみの・たかひさ）
一九六二年東京生まれ。

詩集
『二都』彼方社、一九九九年
『（朝、廃区を、）』彼方社、二〇一〇年

論集
『ことばで織られた都市――近代の詩と詩人たち』三元社、二〇〇八年

訳書
ルイーズ・リヴァシーズ『中国が海を支配したとき――鄭和とその時代』新書館、一九九六年

声《こえ》の海図《かいず》

著者
君野隆久《きみのたかひさ》
発行者
小田久郎
発行所
株式会社思潮社
〒一六二―〇八四二　東京都新宿区市谷砂土原町三―十五
電話〇三（三二六七）八一五三（営業）・八一四一（編集）
ＦＡＸ〇三（三二六七）八一四二
印刷所
三報社印刷株式会社
製本所
小高製本工業株式会社
発行日
二〇一九年三月三十一日